千萬不要按按鈕

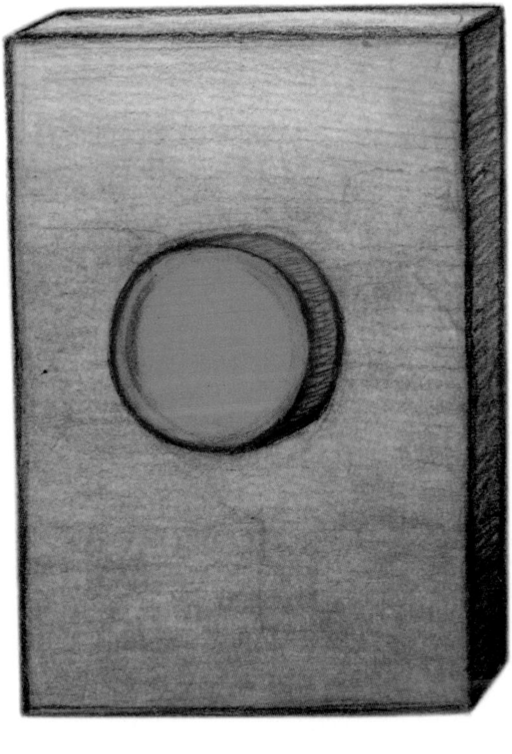

文・圖／比爾・卡特　翻譯／詹嬿馨

謹以此書獻給我的父母，
謝謝你們總是鼓勵我，
即使我常常激怒你們……

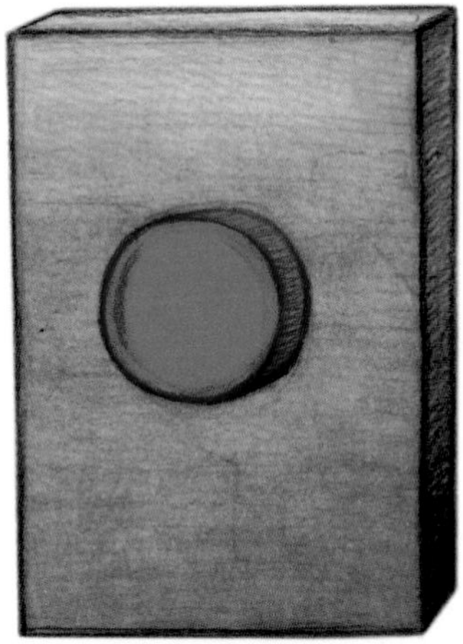

注意

給爸爸、媽媽：

按這個按鈕，
會發生相當可怕的事。

請多加注意，
別讓孩子按按鈕！

嗨！ 我是賴瑞，
歡迎來到我的書中。
在這裡只有一條規則，
那就是——

千萬不要按這個按鈕！

連想都不要想喔！

做得到嗎？

但是，　它看起來好像很好玩的樣子，

如果按一下，

會發生什麼事呢……

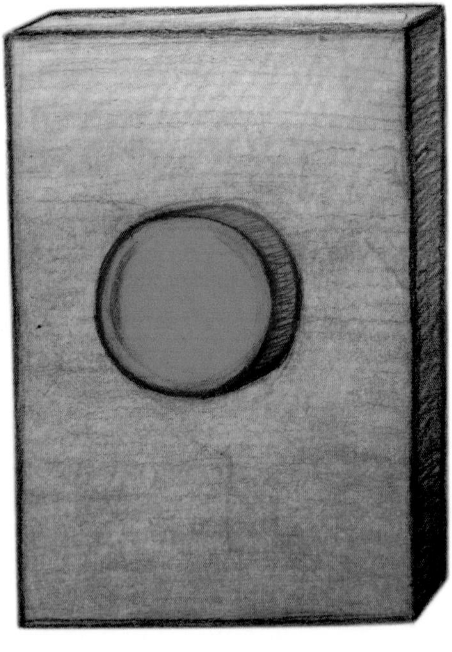

不！ 不可以！ 千萬不可以！

但是按一下，

真的會發生什麼事嗎……

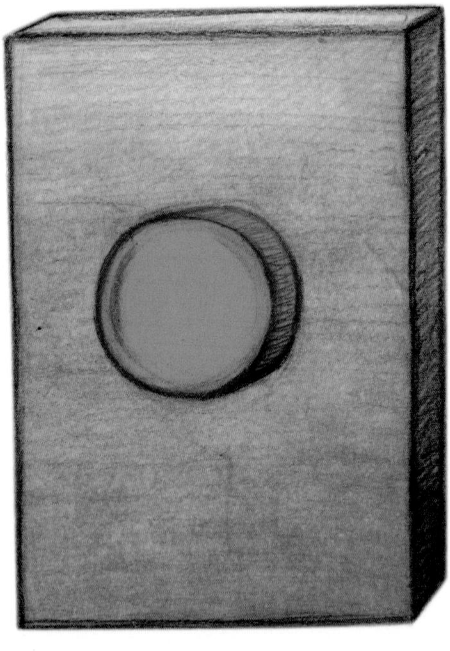

噓—— 沒有人在看了，

也許可以輕輕的按一下按鈕。

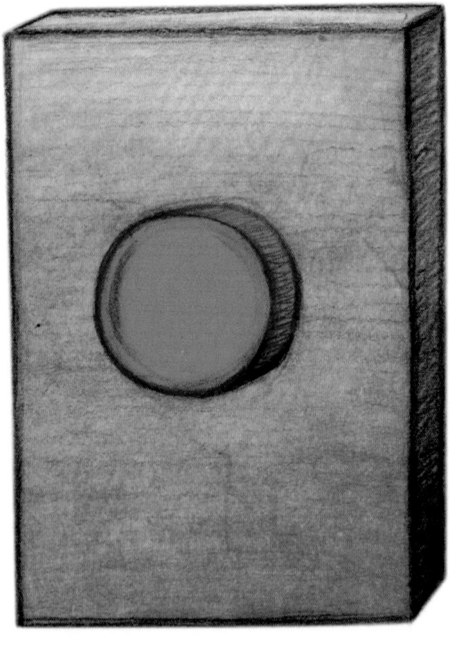

啊！ 我變成黃色了。

趕快再按一下按鈕！

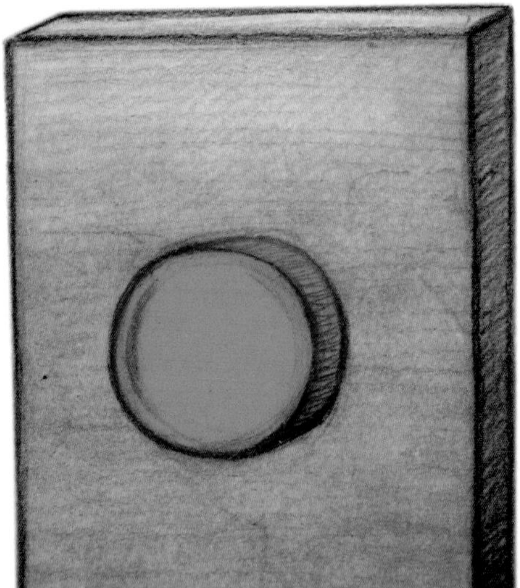

唉呀！ 我變成

有圓點點的黃色了。

趕快再按兩下按鈕！

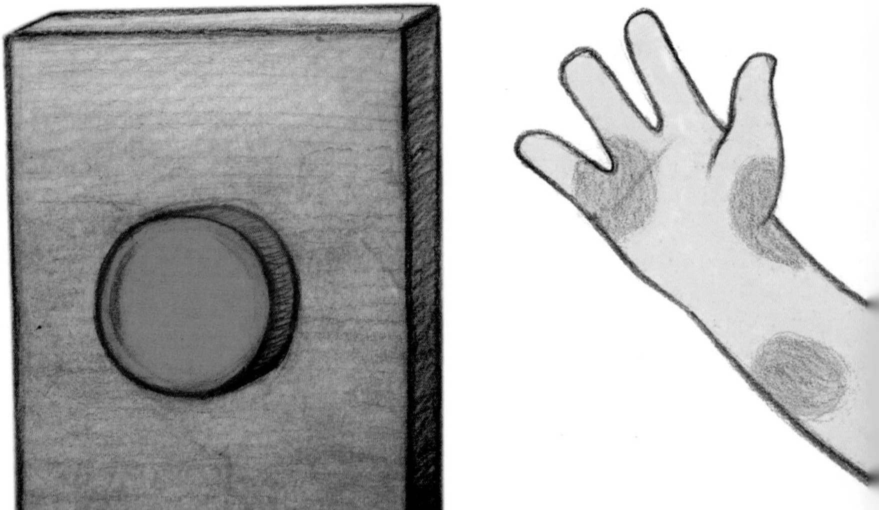

天啊！ 變成兩個我了。

再多按幾下按鈕吧！

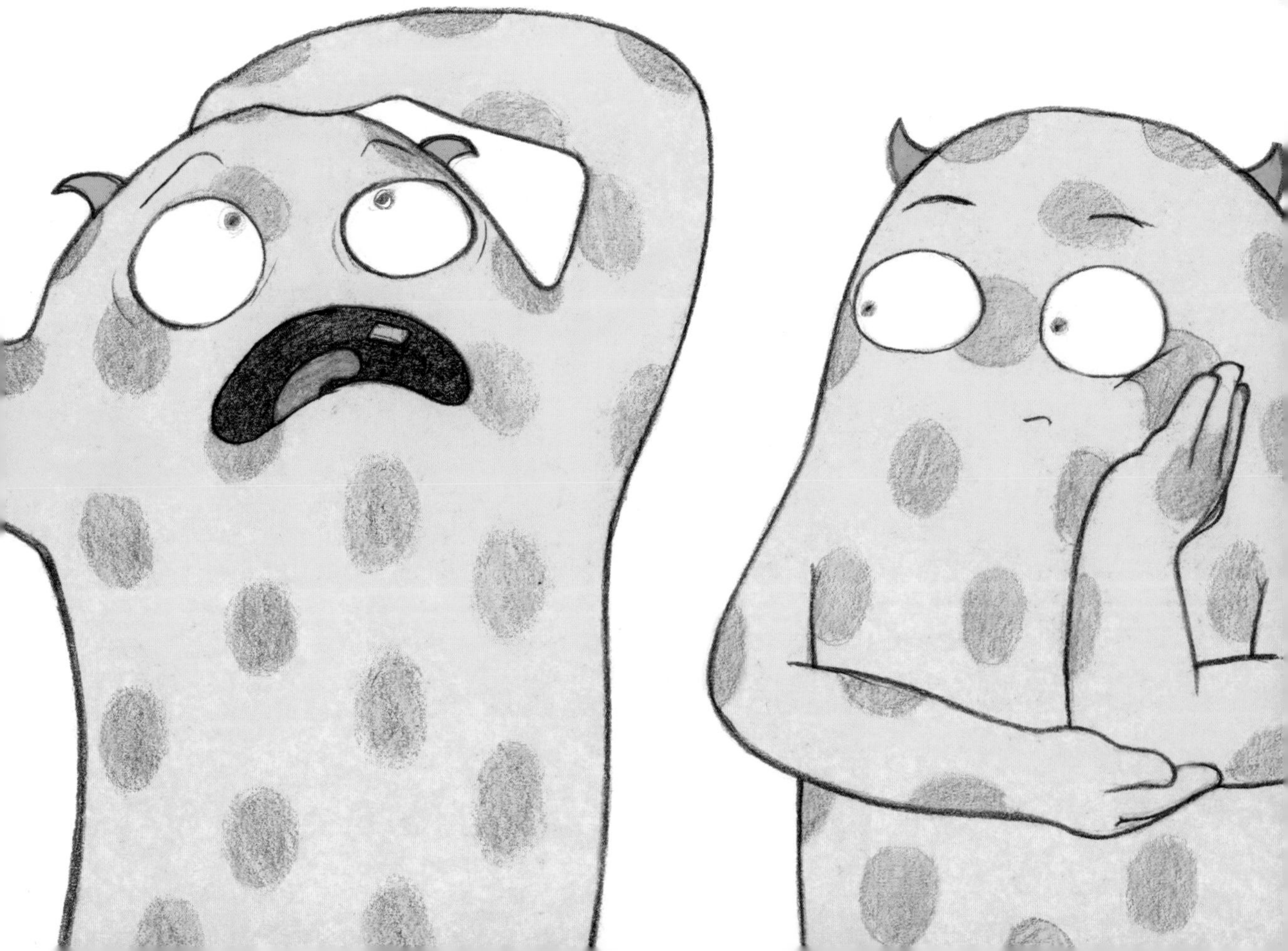

嗯……怎麼辦？

趕快把書拿起來搖一搖，

把多餘的賴瑞通通搖掉！

加（ㄐㄧㄚ）油（ㄧㄡ）！ 只（ㄓㄨ）要（ㄧㄠ）再（ㄗㄞ）搖（ㄧㄠ）一（ㄧ）一（ㄧ）下（ㄒㄧㄚ）下（ㄒㄧㄚ）……

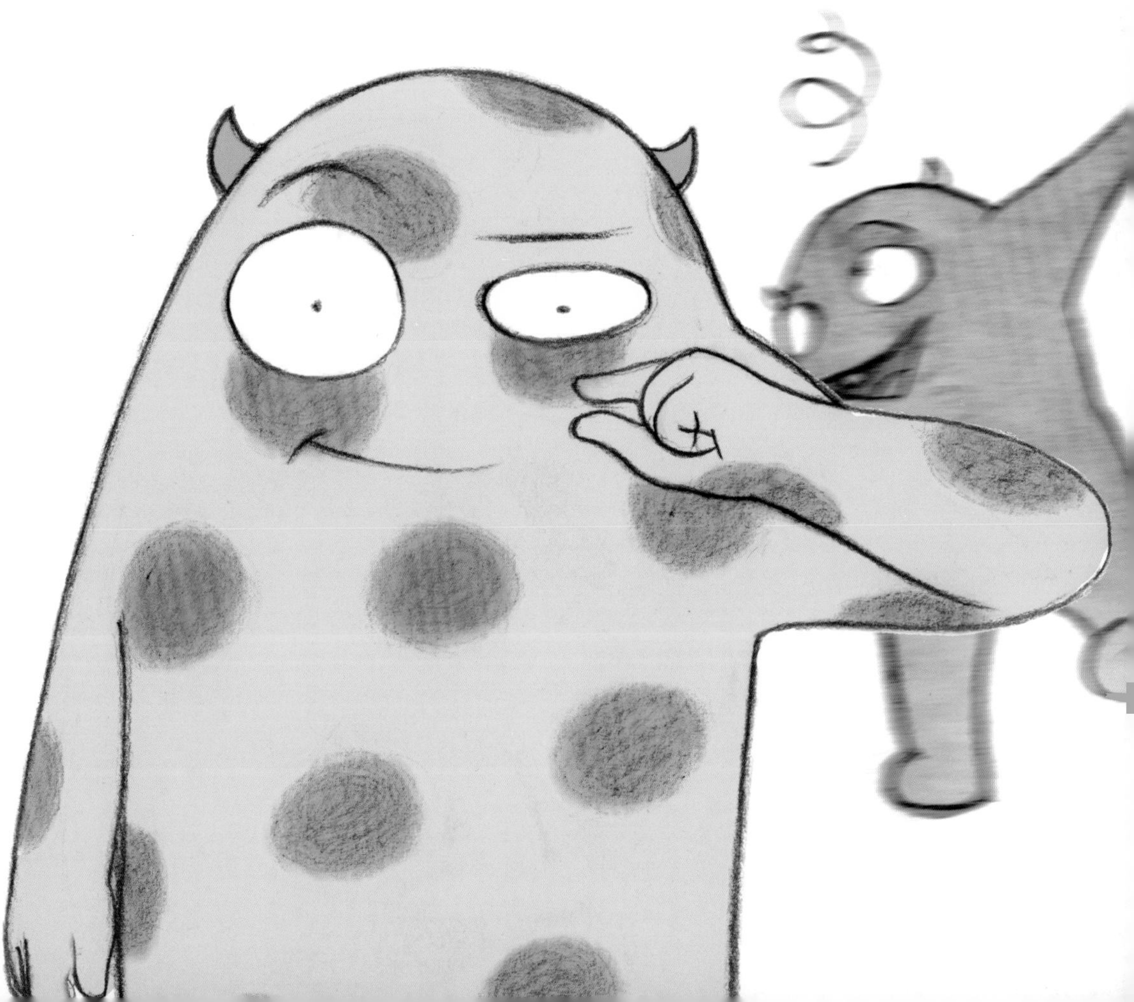

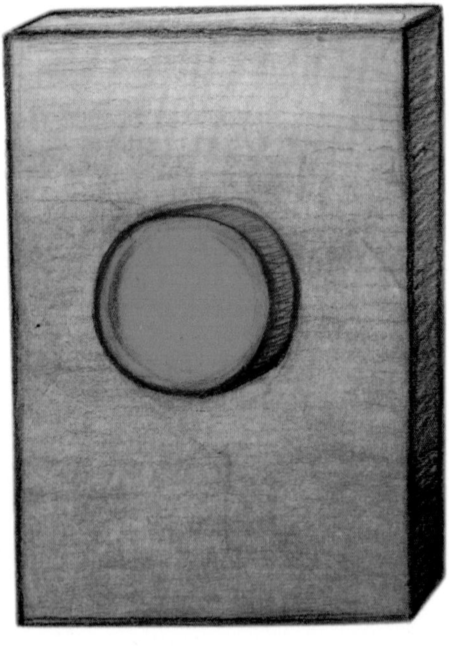

好吧！ 使用手冊上說：
「搔賴瑞的肚子
就可以讓他變回來。」

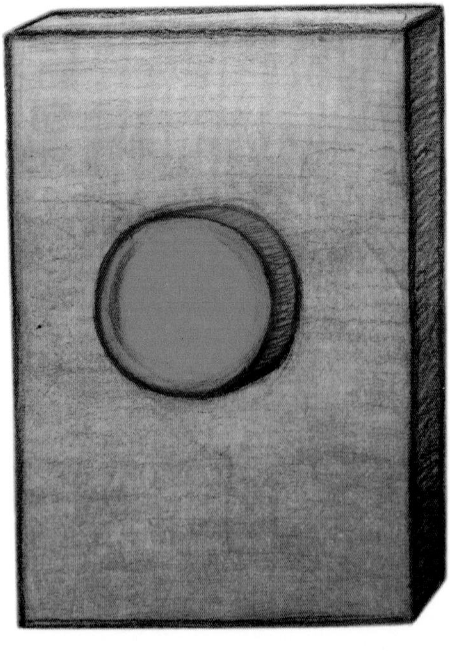

哈哈哈！　好癢啊！

但是變回來了。

謝謝你！

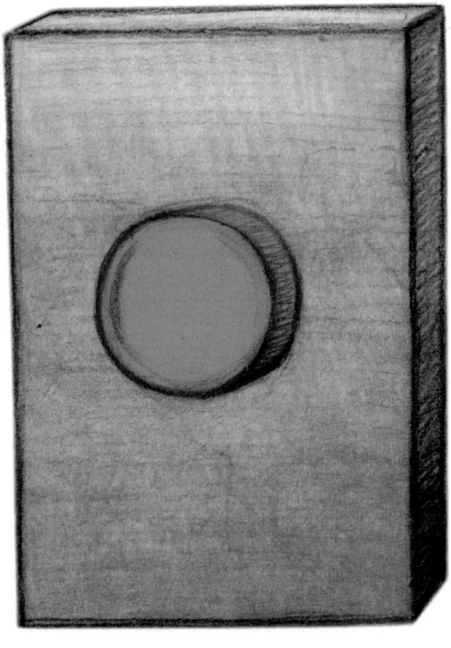

剛才好好玩喔！
也許可以再輕輕的按一下按鈕……

再見